Con el paso de

¿Qué es lo que
hacemos juntos
y de la misma manera
especial de siempre?

Literatura

página 4

Lecturas y proyectos relacionados

RELACIONAR LECTURAS

página 20

Celebración

por Alonzo López
ilustrado por Tomie dePaola

Esta noche bailaré.
Al caer el atardecer,
habrá baile
y también festín.
Con todos bailaré
dando vueltas,
    dando saltos,
        pisando fuerte.
Las risas y las palabras
se enlazarán con la noche,
entre las fogatas
de mi pueblo, de mi gente.
Jugaremos
y con todos,
    parte de todo yo seré.

¡Celebremos!

Cuando celebramos algo todos los años, se convierte en tradición. Imagínate una noche como la del poema "Celebración". ¿Te recuerda una ocasión que tú celebras o conoces? Investiga cómo son las celebraciones tradicionales en otros países.

Colecciona los datos e ideas

1 Lee sobre las celebraciones tradicionales de otros países.

2 Escoge una celebración de un país. Busca ilustraciones sobre la celebración. En un mapa, busca el país donde se celebra esa tradición.

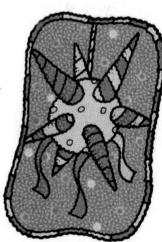

Organiza toda tu información

3 Busca las respuestas a estas preguntas:
   • ¿Por qué se celebra esa tradición?
   • ¿Cuándo y dónde se celebra?
   • ¿Qué cosas especiales son parte de la celebración?

Prepara y comparte

4 En un pliego de papel, haz un anuncio de una celebración. Usa la información de tus preguntas. Añade tu mapa y dibujos al anuncio.

Los masai y yo

por Virginia Kroll
ilustrado por Nancy Carpenter

Ese día en la escuela aprendimos acerca de la
región este de África y de un gran pueblo,
orgulloso de ser masai. Sentí un cosquilleo en las
venas como si ese pueblo masai fuera parte de mí.

Caminé varias cuadras hasta llegar al edificio de apartamentos donde vivo. Ahí conozco a la Sra. Stroud, que vive del otro lado del pasillo y a la familia Johnson, que vive en el apartamento 4B, pero eso es todo. Si yo fuera masai, no tendría vecinos desconocidos a uno y otro lado del pasillo. Nuestras chozas formarían un círculo alrededor de un gran corral para los animales, llamado *kraal*, y todos nos conoceríamos.

Siempre hay que esperar a que papá llegue para comer todos juntos. Si yo fuera masai, papá y Ray comerían con los demás hombres, y mamá y yo comeríamos con las mujeres.

Ray va al fregadero a buscar un poco de agua de la llave. Si yo fuera masai, mi hermano tendría que caminar distancias muy largas hasta llegar a un abrevadero y desde allí traería el agua en jícaras inmensas.

—¿Qué hay de postre? —pregunto.

Mamá me da dinero para comprar barritas de chocolate y Ray y yo vamos a la tienda de la esquina. Si yo fuera masai y quisiera comer algo dulce, esperaría a que pasara el pajarito de la miel. Ese pajarito volaría y trinaría sobre mi cabeza, pidiéndome que lo siguiera.

Lo seguiría a todo galope hasta la colmena de
abejas. Frotando dos palitos de madera, encendería
una antorcha para que el humo calmara a las
abejas. Luego tomaría un poco de miel del panal,
pero dejaría suficiente para mi amigo el pajarito.

—Regresen cuando se enciendan las luces de la calle —nos dice mamá antes de salir. Miro al cielo y suspiro. Si yo fuera masai, me quedaría afuera hasta sentir el eco del silencio en las cuevas de los murciélagos, hasta que la luna blanca se pusiera amarilla y se elevara hasta lo más alto del cielo, hasta que nubes enteras de luciérnagas convirtieran a los árboles en lámparas brillantes.

Sólo entraría a la casa para dormir. Si yo fuera masai, no tendría que subir las escaleras. Con sólo levantar una cortina hecha de piel de vaca, ya estaría en mi casa.

Si yo fuera masai, no podría contemplar el ir y venir de la ciudad desde la ventana de mi cuarto. Mi choza no tendría ventanas, sólo pequeños orificios para dejar salir el humo. No tendríamos sofás, ni sillas, ni lámparas ni mesas tampoco, solamente varias herramientas.

A la mañana siguiente, mamá se prepara para
ir a trabajar. Si yo fuera masai, mamá se quedaría
a ordeñar las vacas y a curtir pieles de animales.

—Tiendan sus camas antes de irse —nos dice
mamá a Ray y a mí.

Estiro las sábanas estampadas y pongo el
sobrecama de vuelos.

Si yo fuera masai, por la noche pondría una
piel sobre el suelo para dormir y al levantarme,
la enrollaría.

Si yo fuera masai, no tendría a mi hámster
Huey en una jaula. Tendría vacas, hasta toda una
manada, y me sabría el nombre de cada una.

No tendría que ir al zoológico para ver las
jirafas ni los avestruces, ni tampoco las cebras.
Compartiría con ellas el aire de África, la tierra de
África y la lluvia de África.

Me iba ya para la escuela, pero tuve que
regresar para buscar mis nuevos tenis blancos.
Casi se me olvida que hoy tengo clases de
educación física. Si yo fuera masai, correría
y saltaría con mis pies morenos descalzos sobre
pastos verdes o tierra pálida y seca. Y sólo de
muy rara vez me pondría sandalias, hechas de
piel de búfalo.

Esa noche, mi hermano y yo nos peleamos por
usar primero el baño. Vamos a la fiesta de abuela
en el restaurante Berries. Cumple setenta años.

Me baño con jabón perfumado y me seco la piel
con una toalla bien gruesa. Si yo fuera masai, al
prepararme para una celebración, me pondría en
la piel manteca de vaca mezclada con arcilla roja
para hacerla brillar. Si fuera masai, querría oler
bien, igual que huelo bien ahora. Por eso trituraría
hojas de olor dulce para frotármelas en la piel.

Mi primo James llega por fin y nos apilamos
en el carro para ir a la fiesta. Si yo fuera masai,
caminar tres millas no sería un esfuerzo para mí.
Atravesaría casi volando los prados amplios y libres.

Luego, al terminar la fiesta, abuela se fija en mí y me dice: —¡Miren a Linda! ¡Qué esbelta y elegante es! ¡Qué niña tan bonita!

Le doy un beso con mucho amor y respeto, como si yo fuera masai.

Si yo fuera masai, me llamaría Eshe o Hawa o Neema —o hasta Linde, casi igual que me llamo ahora.

Llego a la casa y me miro en el espejo del cuarto... mi piel morena cubre mis pómulos altos y la curva de mis ojos sube y se ven pequeños cuando sonrío. Me gusta lo que veo. Vuelvo a sentir un cosquilleo en las venas, como si el pueblo masai fuera parte de mí. Y es que, si yo fuera masai, me vería exactamente como soy.

Una ciudad de África

Los zulú

La vida en África

Los masai han vivido en África desde hace más de cuatrocientos años, pero no todos los pueblos africanos viven como los masai. La mayoría de los africanos viven en ciudades grandes. Viajan en autobuses y carros. Trabajan en diferentes negocios y hacen sus compras en mercados.

Algunos africanos viven en aldeas pequeñas en vez de en ciudades. Un pueblo llamado zulú vive en la región sur de África. Los zulú cultivan sus alimentos en granjas. Hacen artesanías con metales, barro y madera.

Otro pueblo, los mbuti, construye casas en las selvas de la región central de África. Cazan animales y recogen plantas silvestres. Como no se quedan en un solo lugar por mucho tiempo, duermen en chozas pequeñas que son fáciles y rápidas de construir.

Una choza mbuti

Unos malinké en su aldea

Los malinké viven en la región oeste de África. Son pescadores, granjeros y negociantes. Sus cuentos y su música son famosos. Muchos malinké viajan a lugares lejanos por razones de negocios, de educación o de diversión. Cuando viajan para negociar con otros pueblos, los malinké comparten sus cuentos y su música.

Viaje por África

Aprende más sobre África. Haz una guía de viaje sobre los pueblos, los lugares y las cosas que te gustaría ver.

Lo que debes hacer

1 Lee más sobre la vida en África. Escoge por lo menos tres lugares o cosas que te gustaría ver. Escribe sobre ellos.

2 Haz dibujos. Une tus dibujos y tus escritos para formar una guía de viaje.

Usa lo que sabes

3 Imagínate que toda tu clase irá de viaje a África. Con tus compañeros, prepara un viaje. Muéstrales tu guía y ayúdalos a decidir qué cosas quieren ver.

¿Qué pasaría si...?

La niña de *Los masai y yo* cuenta cómo sería su vida si ella fuera una niña masai. ¿Qué pasaría si te mudaras a otro país? ¿Cómo cambiaría tu vida? Investiga cómo viven los niños de otros países. Escoge un país. Lee sobre los niños de ese país. ¿Cómo viven? Haz una tabla como la del dibujo. Usa la tabla para comparar tu vida con la de un niño de otro país. Escribe un cuento parecido a *Los masai y yo*. Comparte tu cuento con la clase. Ayuda a tus compañeros a entender cómo es la vida en otros países.

Corea

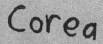

EE.UU.

Comen kimch'i.

Comen con palitos.

El curso escolar termina en diciembre.

Tienen una celebración llamada Ch'usok.

A los dos nos gusta jugar al béisbol.

Los dos hacemos tarea.

Comemos con cuchillos y tenedores.

El curso escolar termina en junio.

Tenemos una celebración llamada Día de acción de gracias.

Diviértete con los números africanos

uno

tres

cuatro

cinco

En el pasado, los niños masai aprendían todo de los mayores de su pueblo. Aprendían la lengua masai, que ellos llaman "maa". En la actualidad, algunos niños masai aprenden otra lengua africana en la escuela: el swahili. Muchos pueblos africanos hablan swahili. ¡Tú también puedes aprender algunas palabras en swahili!

Cuenta en swahili

Cuenta de la misma manera que lo hacen los niños masai. Busca un patrón.

1 = moja	11 = kumi na moja
2 = mbili	12 = kumi na mbili
3 = tatu	13 = kumi na tatu
4 = nne	14 = kumi na nne
5 = tano	15 = kumi na tano
6 = sita	16 = kumi na sita
7 = saba	17 = kumi na saba
8 = nane	18 = kumi na nane
9 = tisa	19 = kumi na tisa
10 = kumi	20 = ishirini

Rompecabezas de números en swahili

¿Puedes encontrar el nombre en swahili de los dos números pares que dan una suma de kumi? Si dijiste mbili + nane o nne + sita, ¡acertaste! Inventa algunos rompecabezas de números en swahili por tu cuenta. Compártelos con un amigo.

moja

mbili

tatu

nne

tano

La casa

de Antonio

por Anna Lewington
fotografías por Edward Parker

Me llamo Antonio José y tengo ocho años.
Vivo con mi familia en la selva tropical del
Amazonas, en el noroeste de Brasil. Tengo
un hermanito, Chico, de seis meses, y dos
hermanas. Maria Aparecida tiene cinco
años y Maria Nazaré tiene tres.

Como soy el mayor, cuido a Chico cuando mi mamá está barriendo el piso o cuando va a buscar agua. Tenemos que vigilarlo porque nuestra casa está construida en lo alto, sobre una base, para evitar que se inunde cuando llueve.

Mi familia vive en esta parte de la selva desde hace más de cincuenta años. Mi abuelo era un *seringueiro,* que es el nombre de los trabajadores que sacan savia de los árboles del caucho, y mi papá hace lo mismo. Cuando papá construyó nuestra casa, cortó sólo los arbustos y arbolitos necesarios para hacer tres *estradas,* o senderos estrechos, a través de la selva. Papá recoge la savia blanca de los árboles del caucho que están a lo largo de esos senderos. Las tres familias que viven cerca de nosotros recogen la savia de los árboles del caucho que hay a lo largo de sus propios senderos.

Un *seringueiro* corta la corteza de un árbol del caucho para sacar la savia.

Casi todo lo que necesitamos viene de la selva. Para construir nuestra casa, papá usó tres tipos de palmeras. Con la madera de una hizo el piso; con la corteza de otra hizo las paredes; y con las pencas de otra hizo el techo. Algunas partes de la casa están atadas con los tallos de plantas enredaderas. También usamos los tallos de las enredaderas para hacer cestas, escobas y hasta medicamentos. La madera del cedro sirve para hacer canoas. Pero no cortamos muchos árboles grandes porque eso no es bueno para la selva.

Cazamos animales para comer carne, recolectamos frutas de los árboles frutales y de las palmeras silvestres, y cultivamos el resto de los alimentos en nuestra huerta. Principalmente, cultivamos mandioca, una raíz que se parece a la papa, y también cultivamos maíz y arroz. Mi tía Neorina también cultiva frijoles junto al río. Nos gusta chupar trozos de caña de azúcar, pero compramos azúcar en la nueva tienda cooperativa en Foz do Jacaré.

En nuestra parte de la selva, la tierra es más fresca y puedo correr descalzo con mi primo Raimundo, que vive cerca de nosotros. De vez en cuando, nuestro amigo José viene con su avión de juguete. Pero no tenemos mucho tiempo para jugar porque casi siempre estamos ayudando con los quehaceres de la casa.

Ahora te llevaré por el camino que llega a la casa de mi amigo José. Si tenemos suerte, veremos muchos animales.

Izquierda Aquí está la mamá de mi primo Raimundo y su hermanita en su huerta de mandioca.

Derecha Ésta es una palmera burití. Sus frutas son muy ricas.

Arriba Éste es el capuchino pardo.

Abajo Todo lo que aquí ves forma parte de nuestro sendero más largo de árboles del caucho.

Este sendero es el más largo de los tres que tiene mi casa. En la selva viven tantos pájaros y otros animales, que nunca se sabe cuál vas a ver. Algunos son más fáciles de encontrar que otros. Los monos aulladores y los monos lanudos son fáciles de ver porque hacen mucho ruido. Los monos capuchinos son más difíciles de ver. Son más pequeños y callados, y se esconden rápidamente entre las copas de los árboles. Casi nunca vemos armadillos porque sólo salen por la noche. Cuando caminamos por uno de los senderos, vamos gritando "¡Aquíí vaamoos!" Alargamos el sonido de las palabras para que nos puedan oír desde lejos. De esa manera todos saben dónde estamos y que estamos bien.

En casa o en los senderos, escuchamos con atención porque los pájaros también nos dan avisos. El *pica pau,* o pájaro carpintero, da chillidos desde un árbol a la entrada de nuestra casa.

La casa de mi amigo José está en el mismo camino que lleva a nuestra casa.

Papá dice que el pájaro carpintero nos avisa cuando llega alguna visita. Cuando el *uru* empieza a cantar, ha llegado el verano. Otro pájaro, el *tinamou,* canta de manera diferente cuando va a llover.

En la selva llueve el año entero. Pero las lluvias fuertes caen entre noviembre y abril. Durante esa época, casi todos los días llueve mucho.

Cuando voy solo por el sendero, no voy más allá de la casa de José, que está junto al riachuelo. José y yo a veces vamos a buscar tortugas al riachuelo. Pero tenemos que hacerlo con cuidado. Hay peces raya que se esconden en la arena, en el fondo del riachuelo. Son casi del mismo color que la arena y por eso son difíciles de ver. Si pisas un pez raya, te clava la punta venenosa de su cola. El veneno hincha el pie y duele mucho.

También tenemos mucho cuidado cuando jugamos en la selva pues es fácil pisar a las hormigas tucanderas y que te piquen. Si eso pasa, mamá hace un té con semilla de aguacate. Por suerte, tenemos un árbol de aguacate junto a la casa. Cuando las frutas están maduras, Raimundo viene y me ayuda a tumbarlas.

A pesar de todos los animales y plantas que nos rodean, hay que trabajar mucho para vivir en la selva tropical.

Este diagrama muestra los senderos que hizo el papá de Antonio para poder recoger el látex de los árboles del caucho. También muestra dónde está la casa de la familia y sus huertas.

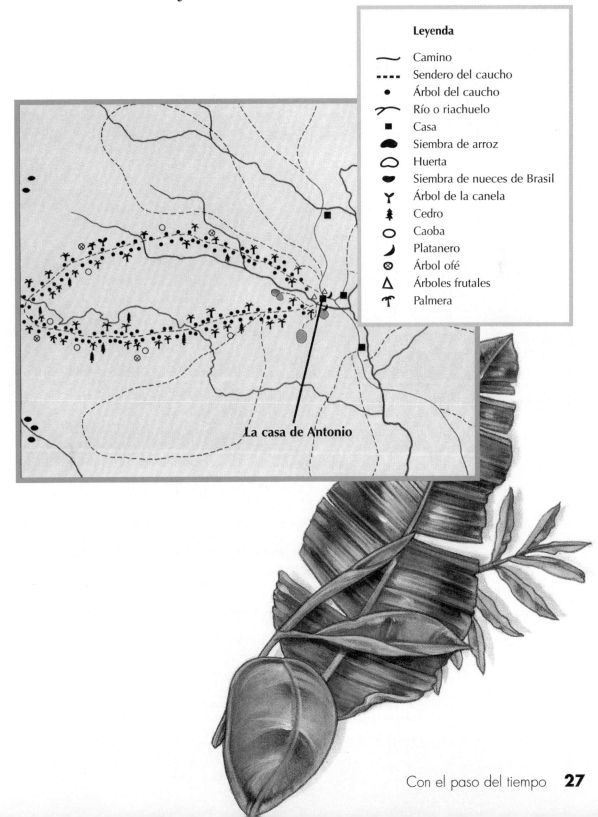

Leyenda

⌒	Camino
- - - -	Sendero del caucho
•	Árbol del caucho
⌒	Río o riachuelo
■	Casa
◗	Siembra de arroz
⬭	Huerta
◖	Siembra de nueces de Brasil
Y	Árbol de la canela
♣	Cedro
○	Caoba
⌒	Platanero
⊗	Árbol ofé
△	Árboles frutales
⌓	Palmera

La casa de Antonio

Un hogar en la

Antonio vive en la selva tropical de Brasil. La selva tropical es un bello lugar. Ahí tienen su hogar muchos seres vivos. Éstas son algunas cosas que verías en cada nivel o estrato de la selva tropical.

Dosel

El dosel o techo es la parte de la selva donde hay más actividad. Ahí vive la mayoría de los animales e insectos de la selva. También ofrece muchas frutas y nueces que los animales pueden comer.

Suelo de la selva tropical

En el suelo de la selva tropical, todo es oscuro. Los insectos y los hongos viven entre las hojas muertas que cubren el suelo. Como las hojas de los árboles bloquean la luz solar, ni el pasto ni las plantas pueden crecer en el suelo de la selva tropical.

selva tropical

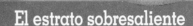

El estrato sobresaliente

En la parte más alta de la selva, los árboles más antiguos sobresalen del resto. Ahí los loros, los monos y las iguanas disfrutan del sol. Los pájaros picaflor visitan las flores de brillantes colores.

El estrato medio

Las plantas trepadoras y los helechos crecen a la sombra del estrato medio. Los insectos, las tarántulas y las lagartijas se trepan por el tronco de los árboles. A algunos pájaros les gusta dormir en este nivel de la selva tropical.

Aprende sobre los animales de la selva tropical. Mira la ilustración. Di el nombre de cada animal.

Adopta

En *La casa de Antonio*, Antonio nos cuenta lo importante que son los árboles para su familia. ¿Por qué necesitamos árboles? Nos dan el aire que respiramos. Muchos árboles nos dan las frutas y nueces que comemos. Con la corteza, las raíces y las hojas de algunos árboles se hacen medicinas. Cuando los árboles se cortan, se obtiene madera. Con la madera se hacen casas, barcos, muebles y papel.

En muchos países se está tratando de salvar los árboles. Se crean parques donde los árboles no corren peligro.

Los árboles de tu vecindario también son importantes. ¿Tienes un árbol especial? Si no, ¡busca uno!

un árbol

Lo que debes hacer

1 Escoge un árbol. Escribe cómo se ve, cómo huele y cómo se siente al tocarlo. Describe las partes del árbol: las hojas, las semillas y las frutas. Escribe también sobre los insectos, los pájaros y otros animales que ves en el árbol.

2 Haz una impresión de la corteza. Pon un papel sobre el tronco del árbol. Frota el lado de un creyón sobre el papel. Escribe sobre cómo se ve y se siente al tacto la corteza del árbol.

3 Presiona las hojas de tu árbol entre dos libros. Después de una semana, pega con cinta las hojas a un papel. Escribe sobre la forma, el grosor y las venas de las hojas.

4 Haz un librito sobre tu árbol y compártelo con la clase.

Usa lo que sabes

5 Observa tu árbol en cada estación. ¿Cómo cambia? Describe los cambios.

Reacción del lector

Piensa acerca de una pregunta

1 ¿Qué es lo que hacemos juntos y de la misma manera especial de siempre? Piensa sobre la vida de Linda y la de los niños masai. Piensa en cosas que hace Antonio con su familia y amigos que tú también haces. Escribe tus ideas.

Haz una pregunta

2 Imagínate que conoces al padre de Antonio. Escribe cinco preguntas que le harías sobre la selva tropical.

Usa palabras nuevas

3 Busca palabras nuevas en *Los masai y yo*. Escribe el significado de esas palabras. Después, usa cada palabra en una oración. Enséñale las palabras a un amigo. Lee tus oraciones, pero no digas las palabras nuevas. Pide a tu amigo que escoja la palabra que completa cada oración.

Relaciona lo que leíste

4 Piensa en el lugar donde viven los masai. Piensa en el lugar donde vive Antonio. ¿En qué se parecen esos lugares? Escribe tus ideas.

Observa

5 Piensa en la vida de Antonio en la selva de Brasil. Piensa en la vida de los masai que Linda estudió en la escuela. ¿Qué tipo de vida te gustaría más? ¿Por qué? Escribe tus razones.